Mellom slagene

Et drama i en akt av Bjørnstjerne Bjørnson (1857).

Omskrevet til moderne bokmål og prosa av Stein Schinstad, Lillepress 2025

Omslag: Foto av ung Bjørnstjerne Bjørnson. Ukjent fotograf/Nasjonalbiblioteket.

Omslag design: Stein Schinstad

Bjørnstjerne Bjørnson

Mellom slagene

Drama i en akt

Forlag: BoD · Books on Demand,
Postboks 354 Sentrum, 0101 Oslo, bod@bod.no
Trykk: Libri Plureos GmbH,
Friedensallee 273, 22763 Hamburg, Tyskland
ISBN: 978-82-938-7380-8

Forord

Bjørnstjerne Bjørnson ga ut skuespillet «Mellom slagene» i 1876, 25 år gammel. Skuespillet har en akt fordelt på 19 scener og ble godt tatt imot da det kom ut. Stykket ble satt opp på Christiania Theater i oktober samme år. Til sammen skrev Bjørnson 21 skuespill, der «Mellom slagene» er det første.

Bjørnson var inspirert av den norske nasjonalromantikken i Norge på 1800-tallet. I «Mellom slagene» er vi derfor like etter norsk vikingtid, med birkebeinere og baglere, sverd, skjold og buer. På 1800-tallet hadde Norge vært under Danmark i 400 år, og etter 1814 under Sverige. Men forfattere og kunstnere arbeidet for å få fram norsk storhet og identitet, og valgte ofte temaer som vikinger og middelalder før Norge kom under dansk styre fra 1537. I dette skuespillet er Bjørnson tydelig inspirert av «Sverres saga» av Karl Jonsson[1] (1135-1213). Året etter ga han ut skuespillet «Halte-Hulda», også inspirert av tidlig norsk middelalder og med referanser til Njåls saga fra Island.

I «Mellom slagene» møter vi kong Sverre Sigurdsson (1149-1202), birkebeinerkongen, men

---

[1] Sverre skal ha bedt Karl Jonsson, abbed på Island, om å skrive historien hans. Den ble skrevet i årene 1185-1188, men fullført etter Sverres død i 1202.

«forkledd» som Øystein, speider for fienden kong Magnus Erlingsson (1156-1184). Vi er altså i borgerkrigstiden (1130-1240). Selve handlingen foregår om vinteren på en liten fjellgård, trolig på Østlandet. Kong Magnus har slått leir nede i dalen litt sør for gården, kong Sverre litt lengre nord. Og som tittelen sier, er vi i en kort periode med «fred» mellom flere slag der Sigurd og Magnus møttes, kanskje vinteren 1180/1181, fordi slaget på Ilevollene ved Trondheim i mai 1180 er over, mens sjøslaget ved Nordnes i Bergen sto i mai 1181. Sverre vant forøvrig ved Nordnes fordi Magnus skled på en blodig tilje i båten og falt. Mennene hans trodde kongen var død og ga opp kampen. Det endelige slaget mellom Sverre og Magnus sto ved Fimreite i juni 1184. Der ble Magnus drept.

På fjellgården møter vi paret Inga fra Leira og Halvard Gjæla, han en stor, berømt kriger og bueskytter, og hennes far, Thorkel Leira. Inga og Halvard har også en liten sønn, Alf. Birkebeinerne til Sverre har brent ned gården til Thorkel, som pga. det er tilhenger av kong Magnus. Halvard, derimot, har allerede kjempet for kong Sverre og vil fortsette med det. Der ligger også grunnlaget for dramaet, for hvem skal Inga velge? Sin far og kong Magnus? Eller sin mann og kong Sverre?

«Sverres saga» ble i hovedsak skrevet mens kongen levde, og Sverre styrte derfor trolig mye av det som skulle skrives ned. Dermed kan den sees på som et propagandaskriv for Sverres kongedømme med birkebeinerne, kampen mot kong Magnus og hvordan han klarer å beholde kongemakten. Bjørnson lager også et positivt bilde av Sverre.

I «Mellom slagene» får også Sverre anledning til å forklare hvordan kongen må manøvrere for å vinne fram i slag og hverdag. Som han sier, så er også kongen som vanlige folk når det ikke er krig, altså når vi er mellom slagene. Sverre var prest på Færøyene før han kom til Norge og krevde kongemakt, men i kampen mot kong Magnus framstiller Bjørnson ham i et avsnitt som en djevel:

> «Det er gråt i hver en krok landet rundt etter at Sverre åpnet munkekutten og slapp ut et virvar av djevelskap og ødeleggelse. Nå trenger ikke landet varder for å varsle at fienden kommer. Nei! Hele landet står i flammer fra Trondheim til Tønsberg, og skip og gårder, landets høvdinger, bønder, kongens slektninger og venner, ja, til og med kongens egen far, alle er de ved som han kaster på bålet. Alt brenner og skinner grusomt over hele landet.»

Samtidig viser Bjørnson kong Sverres menneskelige og gode sider, og som han skriver:

«Selv djevelen kan bli for svartmalt». Bjørnson beskriver alt i alt kongen som en sympatisk og klok mann som på en smart måte løser familiekonflikten på fjellgården.

Om Bjørnstjerne Bjørnson

Bjørnstjerne ble født i Kvikne, Tynset, i 1832. Han vokste opp på Nesset i Romsdal, men tok videre utdanning i Kristiania, bla. ved Heltbergs studentfabrikk. I Kristiania ble han kjent med både Henrik Ibsen og andre kommende forfattere. Han ble raskt en forkjemper for det norske og det norske språket, bla. på teaterscenene, der det var krav om at skuespillerne måtte snakke dansk.

Bjørnson hadde flere roller, både som skribent, teatersjef og politisk agitator, spesielt etter at han ble internasjonalt kjent. Han hadde mange opphold i flere europeiske land. Familien Bjørnson kjøpte gården Aulestad i Gausdal i 1875 mens de bodde i Italia. I Paris bodde Bjørnson på 1880-tallet bare noen kvartaler unna dramatikeren Charles Grandmougin, og trolig ble de bekjente. Grandmougin skrev librettoen til operaen «Hulda», komponert av César Franck og publisert i 1885. Den er basert på Bjørnsons skuespill «Halte-Hulda» fra 1858.

Bjørnson ble etter hvert en kjent, litterær figur i Europa, og fikk Nobels litteraturpris i 1903. I 1907

fikk han slag, og i april 1910 døde han i Paris, 77
år gammel.

Lillehammer 2025
Stein Schinstad,
Lillepress

MELLOM SLAGENE

av Bjørnstjerne Bjørnson

1. opplag 1857

MEDVIRKENDE:

- Kong Sverre[2]: Utgir seg for å være Øystein og speider for kong   Magnus.

- Thorkel: Gammel mann, speider for kong Magnus.

- Halvard Gjæla, kriger.

- Inga, sammen med Halvard.

- Alf: Den lille sønnen til Inga og Halvard.

- Eindride og Aslak: Kong Magnus sine menn.

- Gudlaug stallare: Kong Sverres mann.

- Flere birkebeinere, kong Sverres menn.

---

[2] Gamle betydninger av navnene: Sverre (villstyring, urokråke). Øystein (lykkestein). Thorkel (etter guden Tor, kanskje «Tors hjelm»). Halvard (kanskje «vokter av hjemmet»). Inga (hunkjønnsform av «leder»). Eindride (muligens «han som rir alene»). Aslak (gud og kamp). Gudlaug (viet til gud). Magnus (den store).

Bjørnstjerne Bjørnson skrev i utgaven av 1858: «Dette stykket er ved en framføring (på teater) betegnet som det andre av mine arbeider, selv om det faktisk er det første fordi det er skrevet for lenge siden. Det vil jeg be publikum huske, fordi det fikk meg til å utgi det (som bok). Jeg tenkte nemlig bare å la det bli kjent via scenen.»

Scene 1

Vi er i en enkel, liten røykstue[3]. Det er skodder for hoveddøra. Det er en lav dør til høyre og to rom til venstre bak en benk. Det er også en mindre åpning i veggen. Det brenner i åra.

Halvard Gjæla[4] og Øystein[5] kommer inn med Thorkel mellom seg. Alle er bevæpnet og vinterkledde.

---

[3] Røykstue eller årestue: Huset har ikke pipe, men et hull i taket der røyken siver ut fra en åre (ild) midt på gulvet.

[4] Halvard Gjæla er nevnt i Sverres saga i et stort slag mellom Sverre og Magnus: Halvard Gjæla var fra Viken. Han skjøt bedre enn noen annen mann. Han skjøt en pil mot kong Magnus's skip som fløy over skipet. Så skjøt han en til ned i skipssiden og en tredje under kjølen. Da sa en mann: «Sikrere skjøt du i sommer da det var gods å vinne og kongen ga sølv til den som skjøt best. Da tok du sølvet og viste hva du dugde til. Men nå er det viktigere å skyte sikkert og verge kongens liv.» Halvard spurte: «Synes du ikke jeg har truffet bra nok?» Da svarte den andre: «Det er ikke en mann på vårt skip som treffer så dårlig.» Da tok Halvard tolv piler og skjøt dem mot skipet til kong Magnus skip og traff en mann med hver pil. Så la han buen under foten og tråkket den i stykker. Da sa kong Sverre: «Hvorfor gjorde du sånn med buen? Vi trenger fortsatt mye hjelp.» Halvard svarte: «Nå har jeg gjort min plikt med å skyte. Heretter skal jeg verge min plass som alle andre.» Han tok da sverd og skjold, gikk ut til skipssiden og kjempet mandig.

[5] Øystein: Egentlig kong Sverre Sigurdsson (1149-1202), som hadde birkebeinerne på sin side.

– Her er stua som jeg har den, sier Halvard.
Den er ikke bygget for gjester, som dere ser!

Han ber Øystein og Thorkel sette seg på
benken ved åra, tar ytterklærne og våpnene deres
og henger dem opp sammen med sitt eget utstyr.

– Det kunne ha vært verre! sier Thorkel.

– Stua var god å finne da jeg dro forbi her i fjor,
og den er ikke verre i år, sier Øystein.

Halvard snur seg mot Thorkel.

– Det er stygt der ute i kveld, sier han. Jeg er
overrasket over at en så gammel mann som du
dro til fjells for å speide i dette uværet og føret.

– Å, jeg kunne like gjerne ha blitt igjen der ute,
sier han og setter seg på huk for å varme seg foran
ilden.

– Det kunne du ha sagt da vi dro deg med oss
der nede i snøfonnene, sier Øystein.

– Jeg ba ikke om hjelp! svarer Thorkel.

– Den mannen må være skikkelig lei, sånn som
han snakker, kommer det fra Halvard.

– Heller enn å snakke sånn, sier Øystein raskt
til Halvard, så kan du kanskje skaffe oss noe å
drikke, hvis det passer deg?

– Jeg skal rope etter drikke! svarer Halvard.

Øystein snur seg og snakker lavt til Halvard.

– Rope? sier han. Hvis du skal rope på Inga, så
bør du ikke nevne navnet hennes.

– Skal jeg heller ikke si hva jeg heter? svarer
Halvard. Er han farlig?

– Jeg vet ikke, svarer Øystein, men man skal alltid vokte seg for en fredløs mann.

Thorkel tenker at de to mennene nok har snakket sammen tidligere. Halvard reiser seg for å gå.

– Sist vi var her, sier Halvard til Øystein, var det alltid lurt å følge rådene dine.

Scene 2

Øystein og Thorkel er alene i årestua. Øystein setter seg foran den andre.

– Nå, hvordan går det, gamle mann? spør han.

– Å, så bra det kan gå med en gammel elg som har sittet fast i snøen.

– Du får tine opp her ved ilden og ta et horn øl, sier Øystein.

– Da blir jeg bare så trøtt, svarer Thorkel.

– Det spiller ingen rolle. Vi har natta for oss, sier Øystein og strekker seg ut på benken.

– Hadde du gått lenge før du traff på meg i dag? spør Thorkel.

– Nei, ikke så lenge.

– Er du speider for flokken som kom sørfra i går? spør Thorkel.

– Ja.

– Hvor mange er dere? Jeg hørte rundt fire hundre mann.

– Ja, sånn omtrent.

– La meg se, sier Thorkel. Da har vel kong Magnus[6] omtrent tusen mann her sørpå nede i dalen.

– Det er en ganske stor styrke, sier Øystein.

---

[6] Kong Magnus Erlingsson (1156-1184), falt sammen med 2000 menn i slaget mot kong Sverre ved Fimreite ved Sognefjorden.

– Sverre har nok ikke klart å samle så mange
som jeg håpet på. Han lå i nord på den andre
siden av fjellet.

Halvard står ute og roper.

– Ho hoi! Svar meg!

– Det er ser ut til at hun har dratt, sier Øystein.

– Hun har ikke gått for å sladre, sier Thorkel.

– Nei, på fjellet har en bare seg selv å snakke
med.

– Og det blir det ikke noe sladder av, sier
Thorkel.

Halvard har flyttet på seg der ute.

– Det er fremmedfolk her inne, roper han. Du
får komme inn!

Inne strekker Øystein seg etter Halvards bue og
studerer den nøye.

– En praktfull bue. Det er ikke hvem som helst
som klarer å spenne den! sier han.

Thorkel svarer ikke, men tenker at han synes
det er rart at en så ung mann vil flytte til fjells.

– Det er best å ha denne mannen på sin side i et
slag og ikke motsatt! sier Øystein.

– Jeg tenker at reven helst søker seg under
bakken når den blir jaget av ulven, svarer Thorkel.

– Frykter du at Halvard har dratt til fjells på
grunn av en ugjerning?

– Ja, kanskje det.

– Det synes i hvert fall ikke på ham, sier
Øystein og prøver sverdet i lufta foran seg. Dette
sverdet er brukt, men for lite brukt til å ha skader.

– Det er ikke noe galt i å bo sånn som han.

– Nei, men da har man jo ikke mye å utrette i
verden, sier Øystein.

– Tja, hva skulle jeg hatt å utrette? spør
Thorkel.

– Tjene din konge.

– Det har jeg gjort lenge nok, svarer Thorkel.

Scene 3

Halvard kommer inn i stua, og Thorkel
studerer ham nøye.

– Nå? spør Thorkel.

Men Halvard går forbi uten å ense ham.

– Hva er det med deg? spør Øystein.

– Jeg finner ikke hun jeg leter etter, svarer
Halvard.

– Inga?

– Hun har tent opp her og også i den andre
stua. De to kyrne i fjøset har fått fór. Så, enten har
hun akkurat gått, eller så vil hun være borte en
stund.

– Kanskje det har skjedd en ulykke? spør
Øystein.

– Nei, det tror jeg ikke.

Øystein går litt unna.

– Hva tror du?

– Jeg tenker det verste.

Thorkel føler seg søvnig og snakker for seg
selv.

– Fjellufta er nok ikke så ren som man snakker
om! mumler han før han sovner.

– At hun turte å gjøre det! sier Halvard. Ved
alle helgener som jeg er blitt lurt!

Øystein går nærmere.

– Det er langt herfra til kong Magnus sine
menn, og det er dyp snø, sier han.

– Hva mener du? spør Halvard og ser på ham.

– Dit går nok ingen kvinnfolk nå.

– Hvor skulle hun ellers være? spør Halvard.

– Hadde hun noe å gjøre som hastet?

– Ikke som jeg vet.

Øystein ser nøye på ham.

– Da får du spørre henne.

– Spørre henne? sier Halvard med et rart smil. Nei!

– Ååå, så det har gått så langt!

– Ja, det har gått så langt.

Halvard kommer liksom på noe og vil gå.

– Går du? spør Øystein.

– Jeg går inn til Alf.

– Så dere er flere?

– Alf ble født her i fjor vår.

– Men det var da bra! sier Øystein glad.

– Men, er hun i stand til å forlate dette? Da må jeg jo tenke at det må være viktige saker som får en kvinne til å vende ryggen til sitt eget barn som er alene hjemme og så bare forsvinne?

Halvard går, men ser på Øystein som om han venter et svar.

Scene 4

Thorkel og Øystein er igjen alene i stua. Thorkel sover, så Øystein prater med seg selv.

– Her får jeg visst lære at sjalusi også kan ramme to ensomme folk. Nå vel, jeg får tenke på det når jeg fortsetter. Den gamle sover, stakkar.

Øystein går bort til ham.

– Gå og legg deg inne i rommet og sov ordentlig, sier han.

Thorkel våkner.

– Blir du ikke med? spør han.

– I de siste sju åtte årene har jeg vent meg av å sove ordentlig. Nå våkner og sover jeg når jeg vil.

– Det er mer enn jeg får til! svarer Thorkel og gjesper mens han begynner å gå. Jeg sover litt til du vekker meg. Men, si meg først, hvor kommer du egentlig fra?

– Sør i Møre, har jeg sagt.

– Men jeg lurer på hvorfor en så klok mann bare er en enkel soldat.

– Å, så lenge landets mektige folk styrer kongen, så har de også bruk for de beste plassene.

– Ja, det har du rett i! Det er noen få menn som har fått mye makt her i landet. Du skal se at vi

snart får igjen en flokk med småkonger som i tida
før Harald Hårfagre[7], sier Thorkel.

– Hm, sier Øystein. Så lenge kong Magnus
husker å hente lim fra paven[8] i Romaborgen, så
henger nok alt sammen. Men, bare han ikke
glemmer det. Han må heller ikke glemme å ta
pent imot erkebiskopen[9] når han kommer til tinget
med hundre væpnete menn! Bare kongen og hans
store menn husker å reise seg, knele og kysse en
flik av bispens kjortel, og betale ham halvparten
av all skatt i landet.... Så henger det nok sammen,
en stund!

– Ja, det irriterer en god nordmann å se
hvordan prestene og paven forvalter Haralds
gamle rike. Men, alt i alt, så er Magnus en vennlig
konge. God natt så lenge, krigervenn!

---

[7] Harald Hårfagre: Konge i Norge fra rundt år 865 til rundt år
930.
[8] Pave Alexander 3.
[9] Øystein Erlendsson: Erkebiskop 1157-1188, alliert med
kong Magnus og hans far, Erling Skakke. Etter at Magnus
tapte slaget mot Sverre på Ilevollene, flyktet Øystein til
England og lyste Sverre i bann. Men i 1183 kom han tilbake
og inngikk forlik med Sverre.

Scene 5

Øystein er alene i stua. Sånn er de aller fleste,
tenker han. Verken Sverre eller Magnus, den
vennlige kongen, hm! Ja, der er det! Han gjør
verken godt eller vondt. Han skjenker sin mjød for
dem, og de skjenker til gjengjeld sitt blod for ham.
Konge! Den burde være konge som har noe å
være konge for! Harald var konge fordi han
samlet landet. Håkon Adalsteinsfostre[10] var konge
og bygget landet med lov. Begge «Olav'er» var
konger og kristnet landet. Magnus den gode[11] var
også konge fordi han befridde landet fra fremmed
styre. Gud så dem og hjalp dem.

Øystein ser opp mot himmelen og folder
hendene.

– Herre! ber han.

---

[10] Håkon den gode Adalsteinsfostre: Norsk konge fra rundt år
930 til rundt år 960.
[11] Magnus den gode: Magnus Olavsson (1024-1047), sønn av
Olav den hellige.

<h1 style="text-align:center">Scene 6</h1>

Halvard kommer inn.

– Forstyrrer jeg? spør han.

Øystein reiser seg raskt.

– Neida, langt i fra. Nå har jeg fått lagt den gamle inne på rommet der.

– Det var det jeg også helst ville, sier Halvard. Du skjønner at mens jeg satt ved barnet der inne, så fikk jeg en underlig frykt. Nemlig at uansett hvor Inga er, så er det farlig for henne. Natta er mørk, det er mye snø på veien, og hun kan møte på rovdyr.

– Mener du at vi bør dra nedover? spør Øystein.

Halvard begynner å kle på seg.

– Ja, med en gang. Jeg er redd for, Jesus Maria, at noe kan skje henne!

– Tør hun, så klarer hun det, sier Øystein. Vil du vedde på om hun alt er der?

Øystein åpner luka i døra og ser ut.

– Men, hellige kong Olav, der er hun!

– Hun kommer fra sør, ikke sant? spør Halvard.

– Jo, hun gjør vel det, sier Øystein litt nølende.

– Hva? Ser du mer?

Halvard vil også se ut, men Øystein stenger luka.

– Nei!

Øystein tenker for seg selv og lurer på hva dette skal bety. I måneskinnet kunne han så vidt se et væpnet følge på ti, tolv mann. Hun kommer fra sør. Da må det være Magnus sine menn.

Halvard vil se ut av luka igjen.

– Du er så urolig? sier han.

– Hører du, sier Øystein fort. Nå setter hun allerede fra seg skiene ute i svalen.

Halvard henger av seg ytterklærne.

– Følget tar en omvei, sier Øystein mens han titter ut. De går til fjøset. Dette blir spennende.

<h1 style="text-align:center">Scene 7</h1>

Inga kommer inn med varme ytterklær. Det kommer et svakt rop fra henne når hun ser Halvard.

– Har du kommet alt? sier hun og ser seg omkring. Og ingen andre? Ingen birkebeinere?

Så oppdager hun Øystein.

– Jo, der! Hva? Øystein! Magnus sin mann!

– Takk for sist, Inga! sier Øystein.

– Takk for sist! svarer Inga mekanisk.

Hun går litt unna og tenker for seg selv at hun har tatt fryktelig feil. Litt engstelig går hun nærmere Halvard.

– God kveld, sier hun til ham.

Han svarer ikke.

– God kveld, sier jeg, gjentar hun,

– God kveld, svarer Halvard.

– Du kom tidlig hjem, Halvard?

– Tidligere enn du hadde trodd?

– Kjær mann kommer aldri for tidlig, sier hun.

Halvard ser på henne, men snur seg så bort. Inga går nærmere.

– Halvard!

Halvard snur seg og ser strengt på henne. Inga reagerer på ansiktsuttrykket hans.

– Sover Alf? spør hun.

– Det bør vel moren vite best!

– Jeg har akkurat kommet hjem som du ser.

– Ja, jeg ser det.

– Jeg tar kanskje feil, men du mener altså at jeg skal være barnets trellkvinne? sier hun. Du er fri til å gå hvor du vil når som helst, mens jeg er bundet til vogga. Det er jo så folksomt her i fjellet, så det blir et herlig liv.

– Inga! sier Halvard.

Inga tenker for seg selv og lurer på om hun gikk for langt. Jeg må si noe, men finner ikke ord. Jeg...

Hun snur seg mot Øystein.

– Si noe, du, Øystein!

Øystein er taus.

– Han også? sier hun, ser på dem begge og går.

Halvard stiller seg i veien for henne.

– Hvis det er en trelleplikt å passe sitt barn, så kan jeg ta jobben, sier han og vil gå.

– Halvard! sier Inga med anger i stemmen.

Halvard stanser.

– Halvard! gjentar Inga.

Han tar et skritt mot henne.

– Hva ville du si? spør han.

– Si? svarer hun. Jeg ville si...

– Bare snakk, Inga, sier Halvard med et smil. Du ser at jeg lytter.

Inga nøler og lurer på hva hun skal si.

– Har ikke du noe å si meg? spør hun så.

– Jo, og mye, sier han. Så mye at sola nok har stått opp før jeg er halvveis.

– Så mye, ja, sier hun kaldt. Da er det best at vi utsetter det så lenge vi kan.

– Når blir det, mener du?

– Det blir ikke så lenge til, sier hun. Snart taler det nok av seg selv.

– Og det har du sørget for? spør han.

– Ikke jeg, men du!

– Jeg? spør Halvard.

– Ja, du!

– Ja vel, Inga, greit! Så jeg, nå, nå, greit, så jeg har sørget for det?

– Du kan le, men jeg vet hvor det gråter! sier Inga.

– Ja, det vet jeg også! sier han.

– Ja vel, men så snakk, da menneske! Snakk!

– Nei. Jeg har en gang sagt et ord for mye, svarer han.

– Du? Det kunne vært artig å få vite!

– Det var den gangen jeg ba deg om å følge meg hit, sier han. Det kommer jeg alltid til å angre!

Halvard går.

Scene 8

Nå er Inga og Øystein alene i stua.

– Så er han og jeg lenger fra hverandre enn noen gang! sier Inga. Nå kunne jeg gjerne bytte livet med en sulten ulv der ute i snøen. Hjelp meg, du hellige Sunniva[12], for nå er Inga ulykkelig!

Hun kaster seg ned på benken, mens Øystein går bort til henne.

– Jeg trodde ikke jeg ville seg deg sånn! sier han.

– Du kan gå! sier hun. Det er du som er opphavsmannen. Du la igjen ordet som ble som en slange som krøp rundt her, forstyrret husfreden og stakk ham med onde råd!

– Du kan like gjerne si noe fornuftig, sier Øystein tørt.

– Sannheten får hjelp av meningen i den, sier hun. Og det er sannheten at du fortalte om all heder han kunne vinne ved å kaste seg inn i konge-stridighetene, og etter det har han snudd

---

[12] Sankt Sunniva: Norsk helgen som i middelalderen var like framtredende som Olav den hellige og sankt Hallvard.

seg bort fra meg og barnet og holdt seg til den nidingen[13], Sverre prest[14].

– Niding!

– Ja, jeg sa niding! svarer Inga. Brant han ikke gården til faren min? Har han ikke felt Erling jarl[15] og landets gjeveste menn med ham? Både Sigurd Nikolausson[16], Jon av Randaberg[17], Ivar Horte[18], Einar Litle[19], Botolf av fjordene og mange flere! Det er gråt i hver en krok landet rundt etter at Sverre åpnet munkekutten og slapp ut et virvar av djevelskap og ødeleggelse. Nå trenger ikke landet

---

[13] Niding: En æresløs person, en ussel person som har gjort seg skyldig i skammelige gjerninger.

[14] Sverre prest: Kong Sverre Sigurdsson (1150-1202) kom til makten med birkebeinerne i 1184. Han var prest på Færøyene.

[15] Erling jarl: Erling Ormsson Skakke (død 1179). Far til kong Magnus, drept i slaget mot Sverre på Kalvskinnet sommeren 1179.

[16] Sigurd Nikolausson: Han var trolig lendmann (lendmenn ble utnevnt av kongen, fra 1277 het de baron) og er nevnt i sagaen sammen med Jon Torbergsson. Erling Skakke var i Trondheim, og Sigurd og Jon ba Erling sette ut vakter fordi det gikk rykter om at kong Sverre nærmet seg med 350 mann. I det påfølgende slaget på Kalvskinnet, falt Erling Skakke, Jon og flere stormenn. Kong Magnus overlevde ved å rømme.

[17] Jon av Randaberg (1153-1179): Lendmann og storbonde på Randaberg i Rogaland.

[18] Ivar Horte er nevnt i Sverres saga.

[19] Einar Litle, lendmann, nevnt i Sverres saga.

varder for å varsle at fienden kommer. Nei! Hele landet står i flammer fra Trondheim til Tønsberg, og skip og gårder, landets høvdinger, bønder, kongens slektninger og venner, ja, til og med kongens egen far, alle er de ved som han kaster på bålet. Alt brenner og skinner grusomt over hele landet.

Inga går nærmere Øystein.

– Og for ham skal Halvard spenne buen sin? fortsetter hun. Nei, før skal buen knuses, trampes på, kuttes opp i fliser, små, små fliser, og så skal...

Øystein avbryter henne.

– Og Halvard?

– Hva mener du? spør hun forferdet.

– Inga! Inga! sier Øystein. Du er i ferd med å gjøre ham ulykkelig!

– Jeg?

– Ikke vært sint på Sverre, for du mener egentlig deg selv, svarer Øystein. Du skammer deg over det du har gjort.

– Hva er det så jeg har gjort? spør hun mekanisk.

– Det vil snart vise seg, svarer han.

– Vel, vel, men siden du tydeligvis vet det, så må du hjelpe meg.

– Hvorfor skulle jeg hjelpe deg? spør Øystein.

– Hvorfor? Det har jeg sagt deg før og kan si det igjen, hvis du har glemt det. Du har tatt med ufred inn i huset, og bare du kan bære den ut igjen. Halvard var ikke sånn før.

– Ja, jeg vet jo fra i fjor at dere hadde gode tider her oppe i fjellet, sier han.

– Ja, sier Inga. Vi hadde fine kveldsstunder ved åren her. Men de kommer aldri igjen! For du kom nemlig inn her en morgen!

– Jeg var speider for kong Magnus.

– Ja, du sa det.

– Herfra kunne jeg overvåke to dalstrøk og store områder, sier han.

– Ja, dessverre, kommer det fra Inga.

– Og dere tok meg bra imot og var fortrolige med meg, og det skal ikke brukes mot dere.

– Men du brakte de siste nyhetene om årene med ufred. Å! Jeg kan se ham for meg, der han satt ved åren og hørte på deg. Det var mer ord i det enn i det du sa. Det var ord jeg forsto. Han tenkte nok ikke på meg da. Tankene hans var langt unna og lengre enn langt, og øynene lyste bortover dit tankene dro. Du umenneske! Du så hvordan jeg led, og enda kunne du sitte der og ta ham fra meg.

– Ikke vær så sur da, Inga, sier Øystein. Bare fortell meg rolig hva som skjedde etter at jeg dro.

– Alf ble født, sier Inga roligere. Da tok Halvard det med ro, men snart begynte han å tenke på det du hadde sagt. Han var stadig lenge borte på dagtid og stille på kveldene. Han kunne slippe det han hadde i hendene og glemme seg bort lenge. Han trengte ikke å si noe, for han var lei oss. Han lengtet ned til Sverre. Men så fikk jeg høre at Sverres folk hadde brent ned gården til faren min.

– Slikt hender ofte på sjøen, sa selen, han ble skutt i øyet, kommer det fra Øystein.

– Ja, dine fedre ble ikke født i den stua, sier hun. Heller ikke Hallvard sine. Jeg ble veldig sint på ham når han fortsatt kunne tenke på Sverre! Min stakkars far, som Halvard ikke hadde noen følelser for. Jeg begynte å lengte etter far, eller synes du det er rart? Jeg tenkte at han måtte ha det ensomt og stusselig den gamle, uten hus og barn. Og jeg har ikke vært noen god datter.

– Men Halvard skjønte hva du tenkte og ble taus.

– Han trodde at jeg lengtet hjem til far fordi jeg ikke elsket mannen min! Gode Gud! Etter alt som jeg har gjort for ham! Og, så ble også jeg taus.

– Hvordan kom du på hvordan han tenkte? spør Øystein.

– Han begynte å kvede.

– Kvede?

– Det han ikke klarte å si meg, sa han i kvad. Mens han arbeidet med sin nye bue eller bare satt i sommervarmen borte ved brønnen. Jeg var så glad bare han var der, så jeg gikk fra Alf og satte meg bak einerbuskene der. Da hørte jeg ham synge. Gode Gud! Jeg glemmer det aldri: «Det er tungt for gjev manns sønn når sverd møtes, å sitte ved taus kvinnes side og høre rokken surre. Det er tungt å rette buen mot hare og kaklende rype når hærropene lokker fra dalen, og krigsbytte og makt fordeles. Men enda tyngre er det å miste det beste i hjemmet og freden i sitt eget hjerte.»

– Det hørtes ikke bra ut, sier Øystein.

– Nei, det var ikke bra.

– Jeg vil tro at du trengte å dele tankene dine med noen? spør Øystein etter en pause.

– Ja! Men ved hellige Olav, hvorfor fantes det ikke ett eneste menneske som kunne gå mellom Halvard og meg? Mange ganger når han var inne, holdt jeg Alf på fanget og snudde det lille ansiktet mot faren, som om den lille kunne snakke for meg. Men, nei da, han forsto det ikke, selv da Alf strakte armene mot ham og ropte «far», som jeg hadde lært ham. Men, nei, Halvard forsto det ikke.

Det blir en pause før Inga fortsetter.

– Jeg prøvde å la ting snakke for meg, jeg lagde en trøye til ham, så godt jeg kunne, og gjemte den til årsdagen da vi kom hit. Jeg hadde holdt orden på dagene. Jeg la den på plassen hans ved bordet, men han ble liksom så rar da han så den. Ingen av oss hadde matlyst, men vi klarte heller ikke å snakke sammen. Gråten veltet over meg, og jeg måtte snu meg bort. Da lå det to varme drakter bak meg, en til meg og en til Alf, for han hadde også holdt orden på dagene. Og han ville også gi noe som kunne snakke for oss. Jeg snudde meg mot ham, og da gråt han. Jeg kastet meg om halsen på ham, og vi gråt lenge og bittert, så lenge at Alf også begynte å gråte. Men ingen av oss våget å spørre: Skal vi bo her lenger? Hvor skal vi dra? Ingen av oss våget å høre svaret. Han vred seg løs, tok buen, gikk ut og kom ikke hjem før morgenen to dager seinere.

– Der kommer Halvard, sier Øystein.

Inga reiser seg.

Scene 9

– Jeg finner ikke melken, sier Halvard. Alf er våken og urolig.

– Jeg skal..., sier Inga og reiser seg.

– Nei, nei, bli her du, sier Halvard mens han leter etter melken. Jeg skal passe barnet, for du har vel mye annet å drive med.

– Hva mener du? spør hun.

– Mener? Jeg mener at du har vel mye å snakke om. Det er jo sjelden at det kommer folk hit som du kan snakke med.

– Ja, det er sant, sier Inga.

– Ja, det er jo sant, sier Halvard mens han fortsetter å lete.

– Hva leter du etter? spør hun.

– Jeg sa jo at jeg leter etter melken.

– Karet står på den øverste hylla i den andre stua. Du har jo ofte gått forbi den.

– Det kan hende. Jeg har så vondt i hodet at jeg ikke alltid får med meg alt.

– Nei, du får ikke med deg alt.

– Og noen ganger alt for mye, sier han.

Halvard går ut, men ved døra støter han borti et skjold som faller klirrende ned med forsiden opp. Han ser ned på det.

– Hva? sier Inga. Skjoldet til faren min!

– Til faren din? spør Halvard.

– Nei, det er mitt, sier Øystein raskt.

Inga går bort og tar opp skjoldet og ser på det.

– Men, likevel, sier hun. Det er så likt. Jeg lekte ofte med det. Korset, og det slitte skinnet på håndtaket, samme vekt. Det er akkurat som om fars hånd har holdt det!

Halvard har fulgt med og snur seg nå mot Øystein.

– Hører du? spør han. Ser du?

Inga senker skjoldet.

– Å, jeg står igjen i den store stua på Leira, sier hun og ser på skjoldet. Far?

– Det er tydelig hvor tankene hennes går, sier Halvard og går ut.

Scene 10

Inga ser opp og slipper skjoldet.

– Jeg har det så vondt, så vondt! nesten roper hun. Men heller enn å leve sånn, heller enn at ingen klarer å si noe, men, hva er jeg i ferd med å gjøre?

– Hvis jeg kan hjelpe, så skal jeg hjelpe, sier Øystein. Si meg, de mennene som du hadde med deg i stad, det var vel mennene til Magnus? Hva tenkte du, Inga?

– Hva jeg tenkte? svarer Inga heftig. Sverre og hans menn ligger alt der nede, og Halvard vil dra til dem. Han vil følge kong Sverre! Straks han så dem, kjørte han ned på ski for å vise hvor speiderne skulle gå. Men da fortet jeg meg motsatt vei til der kong Magnus sine menn var. For før skal både Halvard og hans følge tas til fange her oppe, enn at vi blir skilt! Skjønner du det?

– Men han tok jo ingen med til kong Sverre. Han ville ikke dra, for her er det ingen birkebeinere.

– Det vet verken du eller jeg, for han er lei oss, svarer Inga. Men, jeg vet at mennene til kong Magnus har kommet for tidlig og at alt kan bli oppdaget. Derfor må du få dem bort igjen. Hvis Halvard ser dem, så blir det aldri en glad dag mer her i huset. Halvard vil aldri forstå at det bare var for å få ham og far til å bli venner. Han forstår ingen ting. Han forstår ikke en gang at han tar livet av meg.

Øystein tar hånda hennes.

– Vær ved godt mot, Inga. Om det så var den forbannete Sverre prest selv, så skulle han neppe kunne gi bedre råd enn det jeg nå kommer med. Hent en av mennene!

– Ja vel, sier Inga mekanisk.

– Og ta med mjød til de andre og be dem om å holde seg i ro.

Inga går ut.

– Ja, ved hellige Olav, sier hun. La meg aldri gå så tung en vei som den jeg går i dag.

Scene 11

Øystein er alene igjen i stua og snakker for seg selv. Den lidenskapen, den lidenskapen! Den setter seg fast som Absaloms hår[20]. Det var andre tanker jeg nå så enn de jeg har stirret på i noen år. Jeg har en følelse akkurat som om jeg har vært i kirken. Hustru og barn, hus og fred. Ved middagstid skal slaget stå. Vi får se til å bli ferdige her.

---

[20] Absalom: Kong Davids tredje sønn. Han kom i konflikt med sin far, men i slaget i Efraimskogen, ble han og mennene hans nedkjempet. Absalom flyktet på et muldyr, men det lange håret hans satte seg fast i et eiketre. Mens han hang der etter håret, ble han drept av Davids menn.

Scene 12

Eindride kommer inn i stua.

– Guds fred i huset! Er du Halvard Gjæla?

– Nei, ikke akkurat, svarer Øystein. Du får sette deg ned.

– Takk, det blir godt. Vi har gått temmelig langt.

– Dårlig vær nå om dagen? sier Øystein

– Ja, skikkelig dårlig vær. Snøfokk og mer til. Men, vi får tro at det snart letter litt.

– Vi får håpe det, sier Øystein. Det er blitt uværstider både inne og ute her i landet i det siste.

– Ja, det er nok så, sier Eindride. Bare Vår herre vet hvordan dette skal ende.

– Det ser ikke bra ut, sier Øystein.

– Nei, det kan du si. Så lenge den djevelske Sverre prest får leve, så...

– Han ble da også til i en fæl tid.

– Ja, det var vel sånn. Gud bevare både folk og eiendom, sier jeg. Det er tungt for småfolk når de store strides.

– Jeg lurer på, jeg, om ikke du også er ute på en slik ferd, sier Øystein.

– Å, det kan jo hende det, svarer Eindride unnvikende. Men hva er du for en kar, om jeg tør spørre?

– Tar jeg ikke helt feil, så tjener vi samme mann. Jeg er kong Magnus sin mann på speiding her nordpå, som du ser.

– Så du tjener kong Magnus? Ja, det er en velsignet herre.

– En vennlig konge.

– En vennlig konge, svarer Eindride. Ja, det er riktig! Nei, det var den kjerringa som førte oss opp hit. Hun hilste fra Halvard Gjæla.

– Fra Halvard Gjæla?

– Fra Halvard selv. Ja, han vil nok bli venn med kong Magnus for på den måten få fred med svigerfaren sin, vil jeg tro. Og til det ville han bruke en stor sak.

– Hva skulle det være? spør Øystein.

– Han skal ha lokket noen birkebeinere opp hit, og en av dem skulle være en høvding, sa kjerringa. Og så skulle vi ta dem som et godt bytte.

– På den måten, ja, sier Øystein. Ja, det var en lur plan! Så det er flere av dere?

– Vi er vel en tolv, tretten stykker.

– Så dumt, da, at ikke birkebeinerne er her!

– Ja, jeg hørte det, men de kommer vel, sier Eindride.

– Ja, men det kan jo hende de ikke kommer likevel.

– Det var som djevelen.

– Du synes vel at veien er litt for lang hvis blir den blir forgjeves?

– I mørket og snøkavet, ja, svarer Eindride. Men jeg er redd for at de andre ikke vil like denne turen.

– Og krigsfolket nede i bygda også, sier Øystein. Der vil det vanke mye stygg prat! Jeg vet nok hva han Einar Veiten[21] vil si!

– Ja, han er fæl til å prate. Han vil like det.

– Tretten mann dro til fjells for å fange ingen ting, vil han si. Det kunne de klare der nede i dalen også.

– Ja, han vil nok si noe sånt, sier Eindride. Nei, jo mer jeg tenker på dette, jo sintere blir jeg på kjerringa og han Halvard.

– Og, dessuten går dere glipp av løsepengene dere kunne ha fått for fangene.

– Ja, løsepengene! sier Eindride opphisset. Ja visst gjør vi det! Jeg er redd Halvard vil angre på dette!

– Det nytter ikke å drepe ham, sier Øystein. Men kanskje dere kan bøte på dette?

– Hvordan da?

– Jeg har et råd hvis du våger å høre på det.

– Ja?

---

[21] Einar Veiten er en gjennomgangsfigur hos Bjørnstjerne Bjørnson. «En ironiker fra Romsdalen», som bla. er bakgrunn for Arne i bondefortellingen «En munter mann» fra 1859.

– Hva om dere selv gjør det Halvard skulle ha
gjort, sier Øystein. Nemlig lokke noen fine
birkebeinere hit.

– Nå skjønner jeg ikke helt.

– Hør, sier Øystein. Du drar ned til leiren til
Sverre og spør etter Gudlaug[22] stallare[23]. Gi ham
denne ringen, og den vil lede alle i fella.

– Men den ringen...

– Er ikke min, avbryter Øystein. Men det får gå.
Jeg har vært ute en uværsnatt før, skjønner du.

– Ja, det skjønte jeg med en gang at du ikke er
en mammadalt! sier Eindride.

– Så sier du at han som eier ringen straks skal
følge deg med ti mann. Du vil se at han forter seg
å bli med. Så har dere kanskje ikke gått forgjeves.

– Aldri hadde jeg trodd jeg skulle finne en så
bra plan så høyt til fjells, men...

– Sverre er ikke så langt borte som du tror, sier
Øystein. Bare dra rett nedover, så ser du ilden fra
leiren hans.

– Er han så nær, den djevelen! Det skulle
høvdingen vår ha visst!

– Det budet kan du bringe ham før morgengry.
Når du tar med Gudlaug stallare som fange, så

---

[22] Gudlaug: Gudlaug Vale. Han fostret opp Sigurd Lavarde
(1175-1200), eldste sønn av kong Sverre.
[23] Stallare: En av de høyeste embedsmennene ved kongens
hird. Førte ofte ordet for kongen på tinget.

tenker jeg at flere vil si at du bringer gode nyheter og god fangst fra fjellet.

– Snillere råd har jeg aldri fått, sier Eindride. Men, likevel, ti mann, sier du? Jeg tenker at det blir litt...

– For mange, men du? avbryter Øystein.

– Ja, jeg synes det. Særlig når Gudlaug er med. Men, så er det viktig, som du sier, å fare forsiktig fram, og særlig da Gudlaug...

– Men så er jo jeg her, sier Øystein.

– Ja, det er sant. Og du er nok flink med våpen, det ser jeg jo, men likevel. Når vi skal fare forsiktig fram og Gudlaug er med...

– Du glemmer buen til Halvard. Han var den beste bueskytteren vestover, som du kanskje vet. Og nordover finnes knapt hans like.

– Ja, så er jo Halvard med, ja...

– Før birkebeinerne har kommet nær huset, har han felt tre av dem.

– Er han så god? spør Eindride.

– Han bommer aldri.

– Bommer han aldri?

– Nei, fuglen skyter han i lufta, haren i spranget. Så han feller minst fire eller fem før de en gang kan se huset!

– Det var da som djevelen! sier Eindride. Ja, da er det vel ingen fare.

– Det verste, ler Øystein, er hvis han dreper alt for mange for dere!

– Ja vel, ler Eindride. Da går jeg på ski nedover og tar den korteste veien.

– Du må skynde deg!

– Ja, det skal være visst. Så får du ha det bra så lenge.

– Takk, og det samme til deg. Lykke til!

– Takk, sier Eindride. He, he, he. Jeg må le. Dette var så snilt av deg!

– Så må du prøve å få et glimt av Sverre prest når du først er der.

– Det var akkurat det jeg tenkte, sier Eindride. Jeg kan jo ikke nekte for at jeg har lyst til å se ham. Det er vel ikke noe galt med det?

– De sier riktig nok at han er besatt av djevelen.

– Ikke snakk om det, du! sier Eindride hemmelighetsfullt. Søskenbarnet mitt så ham i slaget på Ilevollene[24]. Du skulle ha sett det blikket!

– Ja vel, sier Øystein. men nå må du dra nedover!

– Ja, jeg drar nå, sier Eindride og reiser seg for å gå.

---

[24] Slaget på Ilevollene: Slag mellom Sverre Sigurdsson og Magnus Erlingsson vest for Trondheim 27. mai 1180. Det endte med stor seier for Sverre.

Scene 13

Inga kommer inn og stanser Eindride i døra.

– Hvor skal du? spør hun.

– Til Sverre!

– Til Sverre? Hva slags råd har Øystein gitt deg?

– Det beste rådet jeg noensinne har fått. Flytt deg for reisende mann!

Eindride går ut.

Scene 14

Inga og Øystein er alene i stua.

– Jeg har ofte lurt på du kan være en av Magnus sine menn, sier hun.

– Det vil vise seg, sier Øystein.

– Men uansett hvem du er, så skal jeg lønne deg hvis jeg får mulighet, sier hun.

– Men først må du få vite hva som har skjedd.

– Vel, målet deres for turen hit er borte, sier hun.

– Har du gitt dem mat og drikke?

– Ja. Men jeg er redd for at det rådet er det minst kloke. De bråker så mye at Halvard snart kan høre dem.

– Å, det er ingen fare, sier Øystein.

– Du er i godt humør?

– Rekk meg hånda di!

– Hvorfor? spør Inga, men rekker ham hånda.

– En vakker hånd.

– Den så annerledes ut før, sier hun.

– Skjebnen din står skrevet i den.

– Er du spåmann?

– Nei, svarer han. Men det er rart hvordan jeg liksom ser...

– Hva ser du?

– Jeg ser...

– Si det, sier hun. Alt er så lukket rundt meg.
Du aner ikke hvordan jeg lengter etter lys.

– Dine to ønsker skal gå i oppfyllelse, sier
Øystein.

– Jeg skal prøve deg, for hvilke to ønsker er
det?

– Å bli venn med din far og din husbond, og få
de to til å bli venner.

– Det visste du vel på forhånd. Men, likevel,
når?

– Før dette døgnet er over.

– Uff, jeg visste at du ville skuffe meg, sier hun.

– Jeg ser mer.

– Si det!

– Før denne dagen er over er både du, lille Alf
og mannen din på vei bort herfra!

– Å, tenk om det var sant!

– Og du kommer til en kongsgård, sier han.

– Det er ikke Sverres gård, sier hun raskt.

– Hvem vet? Jeg har bare spådd, sier Øystein
og slipper hånda.

– Nei, jeg tror ikke på deg. Jeg står fortsatt her i
fjelltåka og stirrer, men ser ikke en hårsbredd
foran meg. Den legger seg tungt over sinnet, og...
Bare jeg var død!

– Du er et barn, Inga. Det der mener du ikke.

– Jo, jeg mener det, sier hun. Først da ville
Halvard endelig forstå meg, så ville lille Alf, far og

alle ha noe å klage over sammen, og jeg hadde
blitt lykkelig.

– Bare et glimt av sol, og all din sorg er som
dugg som fordamper. Tro meg! Den sorgen som
klager, den dør snart. Det åpne såret er snart leget.

– Å nei, jeg ser ingen ende på det, sier hun.

– Sorgen din skremmer så lite som en liten
hvitkledd pike, men det er en som har det verre.

– Har du det verre? spør Inga deltakende.

– Ikke jeg, svarer han. Jeg tenker på andre.

– Andre? Hvem tenker du på?

– Ja, den lokker blid, men blek...

– Men du snakker om andre? Hvem?

Øystein snakker litt til henne og så til seg selv.

– Det er noen som er satt til å styre over folk og
være deres hode og støtte. De må stenge sorgen
ute, selv om den gnager helt inn til hjerteroten. Ja,
mens det sliter og river som verst, må de smile og
komme med lystigheter. For de skal gi mot til alle
som mangler nettopp det. Det kan være
høvdinger som bærer på en tung bør av gode råd,
men som blir misforstått, og så kjøper seg retten til
å gå god for mange menns drap. Mange
forferdelige ting kan sies om dem, som at de
spiller den sykes hjerteblod når de egentlig tenkte
å bringe helse. Jeg kjenner en slik høvding, jeg,
som vil sitt lands beste, men så blir dets
forbannelse. Han blir skremt av det som skjer og
vil flykte fra alle likene som stirrer på ham over

hele landet, flykte som en bannlyst fra sitt eget arverike, flykte, hadde det ikke vært for de som holder fast i kappen hans! Så føres han av en ubøyelig skjebne fra blodbad til blodbad, fra brann til brann, over rykende lik, mens skrik og jammer følger ham, helvete er sluppet løs rundt ham, og de sier at djevelen går ved siden av ham, ja, noen sier at han er selve djevelen! Jeg vet, ja, jeg vet, at mens de slakter hverandre som kveg, klarer han ikke å legge hånd på en eneste mann, nettopp for ikke å øke sin egen ulykke. Han synger messe før slaget og messe etterpå. Han soner og leger, er god og mild, gir fred til alle som ber om det. Men det er en som er den siste som får fred, og det er han selv. Men jeg vet om en som holder ut tross helvetes pinsler, biter i skjegget og svelger smerten, spotter og tøyser til alle kanter, står midt i blodbadet og holder lystige taler, ler høyere jo flere som faller, reiser seg med verdighet i rådet og bevarer roen i talen. For jeg kjenner en, ja, kjenner ham som er så sterk i sjelen at han kan holde ut så lenge at både Gud og mennesker til slutt vil se at det var det gode han ville oppnå!

Inga har veket unna ham.

– Fromme Sunniva[25]! sier hun.

---

[25] St. Sunniva var i middelalderen en av tre mest framtredende helgener ved siden av Olav den hellige og sankt Hallvard, egentlig Hallvard Vebjørnsson fra Lier (1020-1043).

– Beklager, jeg sa for mye, sier Øystein. Sånn er det på denne tiden av døgnet.

– Si meg, det var vel aldri Sverre du mente?

– Sverre? Han er veldig alene til tross for de hundre mennene rundt ham. Så alene at det er få som vet hva han tenker eller føler.

– Å, det var som jeg ble tatt av et skred. Jeg kjenner nesten ikke min egen sorg.

Plutselig kan de høre sang utenfra.

– Hva er det? spør Øystein.

Sangen fortsetter.

– Å, det er nok mjøden jeg ga dem, sier Inga. Jeg sa at det var et dårlig råd, for nå kan Halvard høre dem.

Scene 15

Halvard kommer inn i stua.

– Hva er dette bråket? Har det kommet folk opp hit på fjellet?

– Hm, dette er dumt, for det skjer litt raskt nå, sier Øystein.

– Hjelp oss nå, alle helgener! sier Inga.

Aslak roper inn av døråpningen.

– Mer mjød mens vi venter! sier han og vil inn.

– Hvem er du? Hva betyr dette? Ut! sier Halvard og dytter Aslak ut.

Scene 16

Inga og Øystein er alene i stua.

– Halvard hører dem og vil finne dem, sier Inga. Det får meg til å tenke at jeg kommer til å bli kastet ut av huset.

– Og du som nylig var ved godt mot!

– Jeg bruker Alf som hjelp, hvis det ikke er galt, da. Jeg går ut til Halvard og snakker med ham, selv om han sikkert ikke vil høre på meg. Du fremmede mann, du har et godt hjerte. Det så jeg nå. Fortell Halvard det du vet om meg, for det er på høy tid!

– Rolig, barn, sier Øystein. Ta heller en kamp et par timer enn lidelse i et par år.

Scene 17

Halvard kommer inn i stua med et sverd i
hånda.

– Ble du kvitt ham? spør Øystein.

– Det er hans sverd, svarer Halvard mørkt.

– Og mannen?

– Han kom til skade her utenfor.

– Det var ikke bra, sier Øystein.

Halvard snur seg mot Inga.

– Han var ond og sa at du hadde gitt løfter til
kong Magnus sine menn fra meg. Det var også
veldig frekt, med løfter om at de skulle finne en
birkebeinerhøvding her med menn og dermed få
et fint bytte. Sånt kan ingen mann si ustraffet. Det
var hans siste ord.

– Gud! kommer det fra Inga.

– At du skulle gjøre meg til forræder, sier
Halvard. Min verste fiende kunne ikke ha tenkt ut
det. Men, som sagt, han døde av det.

– Hellige Olav! sier Inga. Dette har jeg fortjent!

– Du, Inga, gjør meg til forræder. Og det mot
Sverres menn. Men, ta det med ro, han der ute
lyver aldri mer.

– Halvard! ber Inga ømt, mens hun kneler foran
ham.

– Nei, nei. Forsvar deg ikke. Jeg tror deg. Jeg
har jo drept ham for det. Ser du, sverdet er fortsatt

vått av blod, sier han og kaster det vekk. Jeg vet jo
at du aldri kunne gjøre slikt, du som elsker meg.

Øystein går ut i rommet der Thorkel sover. Det
høres bråk utenfor, og lydene blir sterkere og
sterkere. Inga går enda nærmere Halvard.

– Halvard! Halvard! Hør på meg!

– Nei, har jeg sagt. Det behøves ikke. Det er
sant, det behøves ikke.

– Ved hellige Olav og fromme Sunniva, ved
alt...

– Sverg ikke! sier Halvard med sterk stemme.

Nå kan de høre flere stemmer utenfor.

– Drept! Er han drept? Drept! hører de.

Halvard tar fram våpen.

– Å, bare jeg også kunne kjempe! sier Inga.

De hører en stemme utenfor, og en som prøver
å trenge seg inn.

– Inn i huset! Inn i huset!

Men Halvard slår for skodden.

– Her slipper ingen inn, sier han.

– Åpne døra! kommer det utenfra.

– Pass dere, godtfolk! Men, hvorfor ikke? sier
Halvard og vil åpne døra igjen.

Inga løper bort til ham.

– Nei, nei, nei!

– Og du hindrer meg, Inga? Hva tror du jeg har
å leve for?

– Vil du dø, så dø sammen med meg, sier hun.

– Hva sier du? svarer Halvard og snur seg mot henne.

– Ta meg med, for jeg er ti ganger mer ulykkelig enn deg.

Halvard nøler.

– Å, Halvard. Ta meg med, så skal du se!

– Nei, nei, jeg hører feil, sier Halvard.

Scene 18

Nå er Inga, Halvard, Øystein og Thorkel i stua.

– Far! Far! Himmel, er du her? sier Inga når hun oppdager Thorkel.

Far og datter omfavner hverandre.

– Inga, mitt barn!

– Hva? Er det faren din? spør Halvard.

– Ja, dette er Thorkel Leira[26]. Jeg visste at du aldri har sett ham, sier Øystein.

– Nå forstår jeg, sier Halvard. Nei, forresten, jeg skjønner ingen ting!

– Å, du kom akkurat i rett tid, far! sier Inga.

– Takk Herren for at jeg fant deg, sier Thorkel. Jeg skjønte at du var et sted på fjellet, og jeg har lett etter deg over alt! Å Gud! Jeg har hatt det så vondt på grunn av deg. Nå vil jeg aldri mer slippe deg av syne.

– Og jeg forlater aldri, aldri deg, sier hun.

– Ha! kommer det fra Halvard. Der fløy pilen fra buen.

Inga går ned på kne foran faren.

– Kan du tilgi meg?

– Ja, mitt barn, sier Thorkel. Du vet ikke hvor mye jeg har savnet deg. Men du ser ulykkelig ut,

---

[26] Stormannen Thorkel Leira er omtalt i sagaen om Olav Tryggvasson, bosatt i Viken og levde rundt 200 år før historien til Bjørnson.

håret er bustete og du har grått. Hva er galt, mitt barn? Jeg skjønner. Den nidingen! Jeg vil ikke nevne hans navn.

– Far! Far! sier Inga og reiser seg.

Halvard går nærmere.

– Her er han, sier Halvard. Han heter Halvard Gjæla.

– Han som hjalp meg i går kveld! sier Thorkel. Det var en bra gjerning fra en så dårlig mann.

– Synes du det? spør Halvard.

– Men så ville Vårherre at jeg skulle klare å redde mitt barn fra deg.

Det banker på døra, tre slag.

– Vi har snakket sammen, sier en høy stemme. Hvis dere ikke lukker opp, så brenner vi ned hytta!

– Ja, jeg skal lukke opp, sier Halvard.

Men Øystein stiller seg foran døra og holder Halvard tilbake.

– Flytt deg, din niding! sier Halvard. Det var du som førte ham hit. Du står i ledetog med mennene der ute. Dere er sammen! Men dere behøvde ikke være så mannsterke, for dere ser at det alt er avgjort.

Halvard legger hånda på hjertet og vil gå ut. Inga klynger seg til faren.

– Du må stanse ham! sier hun.

– Du slipper ikke ut, sier Øystein som står
foran døra. Nå er stunden kommet da dere alle
skal bli her og snakke.

– Snakke? mumler de.

– Her er det sånn at taushet dreper mer enn
ord, sier Øystein høyt og heftig til Inga og
Halvard. Snakk, sier jeg, forferdelige mennesker!
Ser dere ikke at Guds dom ligger over dere? De
tenner på og hytta brenner, men, ved hellige Olav,
før skal hytta svi over hodene deres, enn at jeg
slipper dere ut uten at dere har snakket sammen.

– Har vi tiet så lenge, er det vel liten vits å
snakke nå, så kort tid vi har igjen, sier Halvard
mørkt.

– Husk på Alf! sier Øystein.

– Alf! sier Halvard, og han og Inga vil gå inn til
ham.

Halvard stanser.

– Javel, da, sier han. En av oss må leve med
ham, og det er bare en time siden jeg valgte. Ja
hør, kvinne, bare en time siden. Jeg likte lenge
kong Sverre og hans birkebeinere, og mange
netter drømte jeg om å vinne stor heder hos ham,
og mange dager drømte jeg vel også om det
samme. Men jeg tenkte alltid på deg når jeg spente
buen for ham, selv om mennene hans lå like
utenfor, og jeg hørte hans sterke ord la stål i
sverdene! Aldri! Aldri! Hører du? Men det tenkte
du, og du tenkte mer. Du tenkte å forlate meg, du

bygde opp motstand i ditt stille sinn, du gråt i hemmelighet fordi du fulgte meg hit, du elsket din far mer enn meg. Jeg visste det, men likevel orket jeg ikke å høre det. Men nå er dagen her, og jeg har både sett og hørt det, og selv om jeg egentlig visste det, så hadde det vært bedre å våkne i Hel[27]! Så vit at denne ene timen har slitt all kjærlighet ut av brystet mitt, og jeg forbanner den gang jeg så deg for første gang. Jeg vil slette minnet om den dagen, enten her utenfor blant heklungene[28], eller så nede hos kong Sverre. For der sier man at den vanligste gjesten blant dem er døden.

Halvard vil gå, men snur seg og ser på Inga. Hun står ubevegelig og overrasket.

– Jeg er ikke en mann av mange ord, sier Thorkel. Men jeg vil si til min datter at Halvards forakt er lett å bære. Kom, stakkars barn, hvis han støter deg vekk, så ta med barnet. Skjønt det er hans, så skal det også bli mitt.

Thorkel tar Inga i hånden og vil gå ut.

– Dere slipper ikke ut, sier Øystein.

– Det skal vi bli to om! svarer Thorkel og griper sverdet.

– Spør Inga om hun vil bli med, sier Øystein.

---

[27] Hel: Navnet på dødsriket i norrøn mytologi og også gudinnen Hel som styrer dødsriket.
[28] Heklungene: Kong Sverre og birkebeinerne kalte motstanderne, kong Magnus sine menn, for heklunger.

– Det blir min sak, svarer Thorkel.

– Spør henne! gjentar Øystein.

Alle ser på Inga som bare står der helt ubevegelig.

– Svar, barn! sier Thorkel. Det sier jeg deg at en gang valgte du mellom Halvard og meg. Nå er stunden kommet til å velge om igjen. Han eller meg!

– Deg eller han! kommer det mekanisk fra Inga.

– Ved sankt Olav! sier Thorkel. Velg!

– Javel, svarer hun. Jeg elsker dere begge, det er sant. Jeg trodde jeg skulle klare å forene dere, og det er det eneste gale jeg har gjort. Men, siden det ikke kan bli sånn, og jeg skal velge... da, til tross for at jeg er støtt vekk, så... fromme, blide sankta Sunniva! Jeg kan ikke gjøre annet. Jeg velger som jeg har valgt før, i går, i dag, alle dager. Jeg velger Alf, og deg, du strenge Halvard.

Hun faller på kne foran Halvard.

– Inga! sier Halvard, løfter henne opp og omfavner henne.

Thorkel slipper sverdet.

Øystein tar et skritt fram.

– Nå er døra åpen, Thorkel, sier han. Nå kan du dra, gubbe, hvis du er helt hjerteløs.

Inga rekker hånda mot faren.

– Far! Far! sier hun.

Nå hører de lyden av sverdkamp utenfor.

– Stille! sier Øystein.

– Sverdkamp? spør Halvard.

– Der kommer de! sier Øystein.

– Fram krigsmenn, korsmenn, den hellige
Olavs menn! hører de en sterk røst rope utenfor.

– Sverres krigsrop! sier Thorkel.

De hører stadig lyden av sverdkamp.

– Det var stemmen til Gudlaug stallare, sier
Øystein. Nå virker mjøden vi ga til kong Magnus
sine menn! De fulle karene er snart borte og
frelsen nær.

– Frelsen nær, sier du? kommer det fra Inga. Å,
jeg forstår! Du er ikke kong Magnus sin mann!
Men, hvem er du da?

– Hvem er du? spør Halvard.

– Ja, hvem er du? spør Thorkel.

Øystein går lengre inn i stua.

– Å, noen kaller meg en forbannet munk, sier
Øystein. Andre sier at jeg er djevelens tjener,
andre igjen at jeg er djevelen selv. Men, noen sier
også at jeg er Sverre, Sigurds sønn, arving til
Norges kongetrone! Det kommer an på hvem som
har rett.

Alle ser på ham.

– Kong Sverre! sier de i kor.

Halvard og Inga faller på kne.

– Reis dere, barn! sier Sverre. Vi har lite tid til å
hylle meg. Jeg drev og speidet som jeg har gjort
før, speidet alene, fordi det er sikrest. Da traff jeg
på han der, Thorkel. Jeg tenkte at hvis jeg tok ham

med hit, så var det var god lønn for
gjestevennskapet deres fra i fjor. Så kan flere se at
selv djevelen kan bli for svartmalt, og at vi ikke er
de samme menneskene mellom slagene som midt
i dem.

– Herre konge! sier Inga.

Sverre vender seg til Thorkel.

– Og du, gubbe, sier han. Ja, mine folk brant
ned gården din. Men, et stykke nord i Trøndelag
har jeg en som er bedre.

– Herre konge! sier Thorkel.

– Den kan du få som erstatning, sier kongen.
Du er gammel og lei av å kjempe. Ta med datteren
din, hvis jeg ellers...

Inga dytter Halvard mot kongen.

– Ta imot Halvard! sier hun. Han må tjene en
slik mann som deg.

Scene 19

Gudlaug stallare og flere birkebeinere kommer inn i stua.

– God morgen, herre konge! sier Gudlaug.

– Nå, er du ute på jobb? sier Sverre.

– Å, ja, det må til iblant.

– Her har du en som tilsvarer tre-fire mann, sier Sverre. Han heter Halvard Gjæla.

Gudlaug ser på Halvard.

– Ja, stort skal det være!

Sverre snur seg mot Thorkel.

– Snart skal din datter ha en anstendig stand, så alt i alt, tror jeg det er best at du føyer deg, sier Sverre.

– Far! sier Inga og Halvard i kor.

Thorkel omfavner dem.

– Mine barn! sier han.

Kongen snur seg mot en birkebeiner.

– Fort deg, hent gutten!

– Skal vi drive på mer her, konge, så tror jeg vi brenner inne.

– Du har rett, svarer Sverre. Det begynner å bli temmelig varmt her.

Alle går ut.

SLUTT.